청어詩人選 285

물음표가 남긴
느낌표의
흔적

김정우 시집

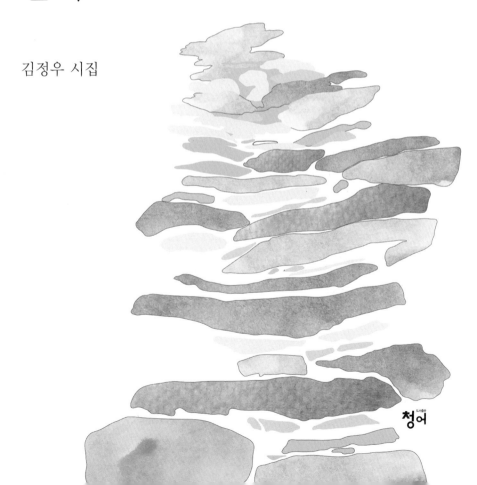

청어

물음표가 남긴 느낌표의 흔적

여명과 노을 사이 낮과 밤이 존재하듯 우린 물음표로 왔다 느낌표로 살다 물음표로 돌아가는지 모른다. 그 물음표가 남긴 느낌표의 흔적들, 그냥 버리기엔 왠지 허전하고 아쉬움이 남아 그동안 일기처럼 써둔 작품을 정리하여 작년에 이어 두 번째 시집을 출간하게 되어 감회가 새롭다.

하나의 생명이 꽃을 피우고 열매를 맺는 여정 속에서 숨 쉬며 살아가는 느낌의 흔적들은 나에겐 큰 의미요 삶의 얼굴이라 여겨진다. 시간과 계절의 틈새에 피는 잘 다듬어지지 않은 야생화처럼 일출과 노을에서 풍기는 사유의 아름다움을 음미하며 잠시 쉬어가는 여정의 쉼터가 되었으면 한다.

물이 흐르듯 흘러가고 머물고 싶은 순간들, 흔적이라도 남길 수 있다면 자애의 징표로 남기고 싶다 센티한 소년의 여백에 꽂힌 언어의 꽃 시(詩)가 열린 나무 한 그루, 마음 밭에 심었지만 그동안 돌보고 가꾼 시간이 너무 여리고 어설퍼 별 같은 널 애지중지 가슴에 품고만 살았나 보다. 하지만 고목에 새순이 돋고 잎이 피기 시작한 시목(詩木), 네 질긴 인연의 고리가 나를 사랑에 빠지게 만들었나 보다.

미흡한 속내 드러낸 시목, 조금이나마 삶의 갈증을 적시고 빈 가슴 채울 수 있으면 좋겠다. 철 지난 시목에 꽃을 피워 그동안 못 다한 사랑 주고 싶다 늘 신선한 재료와 맛깔스런 양념을 넣고 정성 것 버무려 맛과 향이 우러나 오래도록 기억 속에 머물 수 있으면 좋겠다. 투명한 마음거울에 핀 꽃, 분신 같은 열매를 세상에 선보이게 되어 마음이 개운하고 출판사의 노고에 감사드리며 이 기쁨을 지인, 아내, 가족과 함께 나누고 싶다.

2021년 연둣빛 오월의 향기 속에서
갈원 김정우 배상

차례

2부 사랑하는 당신에게

3부 들꽃으로 살래

4부 숲정이의 겨울 나들이

1부

라일락 향기에 빠지다

스스로에게 묻는다
내 삶이 너처럼 향기로우면
얼마나 좋을까
살며, 향기 풍기는 날 얼마나 될까
노을 곱게 물들 무렵
삶의 멋, 향기로 보여줄 수 있다면
당신에게 다가가 마음을 흔들어 깨우고 싶다

라일락 향기에 빠지다

(1)
고샅길 담장 넘어 까치발로 보일 듯
그윽한 너에 향기에 빠질까 두렵다
지금도 그 속을 알 수 없는 건
어느 때에는
옅은 안개 뿌리며 아침에 오고
어느 땐,
바람도 숨어버린 저녁 무렵에 찾아든다
뭐라 해도 이토록 기다려지는 건
너의 숨은 향기 체취 때문이리
첫 느낌
내일 담은 미소가 가슴에 맺힌다
오늘 오시려나
어둠이 깔리는 길목
가슴 조이며 기다려진다
잔인한 사월의 끝자락
나도 모르게 그리움 성글어 너에게로 간다

(2)

오늘 오후 집 앞을 가노라니

그윽한 향기의 끌림

가슴팍을 파고들어 안긴다

원초적 향기, 체취로 마음 끄는 임

진정한 삶의 향기란 무엇일까

스스로에게 묻는다

내 삶이 너처럼 향기로우면

얼마나 좋을까

살며, 향기 풍기는 날 얼마나 될까

노을 곱게 물들 무렵

삶의 멋, 향기로 보여줄 수 있다면

당신에게 다가가 마음을 흔들어 깨우고 싶다

2015. 4. 30. 라일락 향기에 취하던 날에

마음속에 피는 꽃

언제부터인가
꽃이 피고 지고
내 마음속에도
꽃이 피고 진다

며칠 전에는
목련이 한눈에 들더니
오늘은
라일락이 코끝을 쏜다

내일은
벙글은 장미가 가슴팍을 파고들겠지
그리, 꽃은 피고 지고
내 마음 켠에도 피고 진다

마음속에 핀
꽃 한 송이
언제까지 향기 슬어 품어줄까

2015. 4. 19. 마음속에 핀 꽃 한 송이에게

연의 끝자락에 피는 꽃

가을이 오면
연의 끝자락 잎이 곱게 물드는데
바람은 하루가 다르게
차가운 손길 가슴팍을 파고든다

어느 날
툭툭 떨어지는 잎
연의 꼭지에 배가 돌면
정지된 시간, 흔적도 없이 사라지고

먼 산에서 시작된 연의 고리
어느새, 우리 곁에 다가와 보채
가로수 잎이 물들어 애잔하게 진다

가을 끝자락
곱던 당신의 마지막 열꽃
시공 저편으로 말없이 사라진다

이 소슬한 서글픈 짓
하지만, 고운 열꽃으로 피고 질 수 있다면
어느 날 문득, 진다한들 어떠하리

2014. 11. 12. 먼 산에서 시작된 열꽃 가슴에 품다

길

길은 두렵지만
새로움의 물음표를 던져
늘, 가슴 뛰고 설레게 한다

설렘은 신비스럽고
신비스러움은 순수하여
내 마음을 끌어 훔쳐간다

물음표가 걸려 있는 길
누가, 이 길을 처음 갔을까
물음표 따라 느낌표를 남기며
끝이 보이지 않는 길을 가고 있다

신비스러워 설레고
설렘은 마음을 앗아간다
물음표는 느낌표를 남기며…

처음 사랑을 알게 해준 사람
잠자는 사랑을 일깨워준 사람
물음표는 느낌표를 보듬고
사랑이란 걸 먹고 살며
역사는 사랑으로 쓰는 일기라 한다

2014. 6. 30. 물음표가 걸린 길을 가다

먼저 내민 손

까치가 지저귀는 아침
겨우내 찌든 커튼을 활짝 거두니
기다렸다는 듯 손 내미는 햇살
파란 하늘이 구석까지 빨려든다

난 아직 싸늘한 겨울인데
먼저 내민 반가운 손
먼저 터트린 말문
사르르 빗장 여는 소리 들린다

산기슭에 웅크린 진달래
강변에 입 다문 벚도
울타리에 진을 친 개나리도
담장 넘어 목 뺀 목련도
겨우내 참고 웅크렸던 망울 터트린다

먼저 내민 손길
먼저 터진 말문,
볕 서린 정원에
봄이 살며시 찾아와 내 품에 안긴다

먼저 손을 내밀어 봐
먼저 말문을 열어 봐
그리고 먼저 보듬어 안아줘 봐
따스한 봄날 봄볕처럼…

2014. 3. 26. 봄이 오는 자존의 길목에서

숨은벽 능선의 가을

인수봉과 북한산이
숨은벽 탁자를 마주하고 앉아 있다
언제 보아도
인수봉 이마자락은 훤하고
골진 북한산의 자태는
아늑한 시간이 깃들어 있다

둘은 그토록
하고 싶은 얘기가 많은지
마주앉아 장군봉을 거느리고
오늘도 숨은 벽을 허물고 있다

가을이 오면 산자락마다
단풍 전시회가 열리고
놓칠세라 잊지 않고 찾아든 손님
숨은벽 능선에 걸터앉아 넋 빠진다

벽을 오르고
인수봉 이마자락을 타는 사람들
흰 구름 손에 쥘 듯 아련한데
숨은벽 능선 스치는 바람이
나에게 묻는다
숨은벽 능선의 가을 누가 준 선물이냐고…

2013년 아람문학 겨울호 발표작

이발

한 달에 한 번 정도 이발을 한다
오늘은 이발을 하는 날
이발사의 가위
면도사의 칼날 앞에
내 머리채, 얼굴, 목을 맡긴다
아무 거리낌도 없이…

머리카락, 수염은 세월 먹고 자라고
나이는 거르지 않고 먹어도
배부르지 않은데 잘라낼 수도 없다

머릿결 따라 가윗날 스치는 소리
웃자란 발 자락 자르는 기계 소리
자장가 소리처럼 스르르 눈이 감긴다
면도날이 턱 밑을 오락가락해도
아무 일 없다는 듯 손길이 감미롭다

이 세상 시퍼런 날 앞에
이처럼 당당할 수 있다니
내가 당신을 믿을 수 있다면
거리낌 없이 이 마음 줄 수 있는 거다

마음 놓고 살 수 있는 세상
칼과 가위를 마음 놓고 맡길 수 있는 세상
문득, 이발소에서 되새겨 본다
오늘은 상큼하고 개운한 날이다

2019. 2. 25. 단골 이발소에서 삶의 산책

푸념

나 삶의 여정 속에
사랑다운 사랑 한번 해 봤나
꿈속에서나 그려봤을 뿐
깨어나면 제 자리

받는 일에 길들여져
일상에 갇혀 몸부림치진 않았나
아무 선입감 없이 주어본 적 있나

그거인 거야
사랑은 아무런 조건 없이 주는 거
내 마음 편안하게, 미치도록…

그렇게 미쳐보면
푸념은 사치
나를 사랑하지 못해
너를 사랑하지 못한 거였다

나를 사랑할 줄 아는 날
속이 까맣게 타들어가도
너에게 사랑을 주면 마음이 평온하리라

2014. 2. 7. 자애의 깊이를 재다

진달래꽃 피면 우는 새

그해 봄, 가슴앓이 병 도져
그녀는 댕기머리 풀고 산으로 갔다
진달래꽃 피면 그리움의 멍울 도져
쑥국새는 꾸욱꾸욱 구구 운다

용천배기 손짓하는 진달래 동산
무서움도 잊고 눈망울 반짝이며
진달래꽃처럼 천진하게 웃던 댕기머리 그녀
숲을 걸어둔 창으로 아련히 드리운다

북한산 향로봉 자락에도
여기저기 무덕무덕 진달래 꽃등 켰다
회억을 더듬어 보며
꽃잎을 잘근 곱씹어 본다
쑥국새는 지금도 꾸욱꾸욱 구구 우는데…

2012. 4. 14. 진달래 꽃잎 잘근 곱씹어보던 날

물든다는 것

물들어 곱다
나도 물들어 고울 수 있을까
너처럼
물들 수 있다면 좋으련만

가을이 오면
물드는 법을 배운다
물든 아름다움에 취하고
아름다움이 삭는 향기에 취하고
푸름을 버릴 줄 앎에 숙연해진다

잎새 하나
갈 물들고
나 또한 물든다
시(詩)가 달린 갈숲
심신이 마알가진 꽃이 핀다

2012. 10. 20. 바람이 보듬어 피운 향기에 젖어

산문 들어선 겨울나무

서리꽃이 좋아 겨울 나그네는 산으로 갔다 마음 비우고 고행에
들어 선 겨울나무, 푸른 꿈으로 키운 꽃, 잎, 열매 다 내려놓고
칼바람 안고 서리꽃 피우는 겨울나무 헌데, 내 서리꽃은 가랑잎
처럼 말라 서걱거리고 얼어붙는 빙벽을 타고 오르는데 환 태의
길은 보이지 않는다 서리꽃 되리라고 산으로 간사람 칼바람 등
에 업고 능선을 타 보지만 입가에 서리꽃만 필 뿐 봄은 저절로
오는 게 아니라 한다 난 서리꽃지기 전에 가랑잎 밟히는 자욱길
을 터벅터벅 걸어 내려오고 있었다

2012. 11. 28. 내 마음에 서리꽃 피우던 날에

바람결 고운 억새밭

하얀 결 고운 몸짓
바람의 혼으로
잔잔하게 때론 미친 듯 춤을 춘다

에메랄드 지붕 밑
정상의 무대가
파노라마처럼 한눈에 안긴다

지휘자의 손끝이
바람 타고 흐르면
운무가 피어나 허리를 감고
선율이 앙상블을 이룬다

가까이 멀리
무대 아래로
오색의 물결이 산자락을 덮고

억새의 신들린 춤사위
바람타고 혼불 태운다
쉬어가는 구름 사이로
노을 조명발에 군무는 절정을 이룬다

2012년 아람문학 가을호 발표작

겨울바다에 묻다

사랑한다는
이유 하나만으로
하얗게 포말 져 부서지는 겨울바다

일고 또 이는
시간의 조각 사이로
그렸다 지우는 이름 하나
처절하게 처얼석 철석 일고 또 일어 부서진다

갯바위는
비릿한 사랑을 삭혀내
식어 돌아선 사랑 찾아
수평선 넘어 사라진 임을 하염없이 기다리고 있다

하늘과 바다가 만나는 곳
다 내려놓고
갈 곳 더 잃을 것도 없는 겨울바다
기다림의 씨앗 하나 심어 묻고 돌아온다

2013. 2. 14. 겨울바다에 마음을 묻던 날

고향

연어의 활동무대는 저 넓은 태평양 바다, 그의 유전자 속엔 고향이란 지문이 선명하게 박혀 있다 몽돌처럼 세상을 보듬고 살지만 시공 속에 먼지 같은 존재일 뿐 거센 폭풍 파도에도 지워지지 않는 탯줄의 연 아마 그건 연어가 강을 몸부림치며 거슬러 오르는 이유일 게다 신비에 싸인 산하에서 빚어진 한 생명의 씨앗 한시도 잊어본 적 없는 숙명의 고리, 꿈속에서 수도 없이 그리고 지운 육감의 본능, 돌아가지 않으면 눈 감지 못할 삶의 빚, 살아생전 고향 땅 밟는 게 소원이라던 그 실향민은 오늘도 망향의 동산에 한을 묻고 돌아온다 그의 눈가에는 지난 세월만큼이나 눈물 고인다 백발, 주름진 얼굴에 한 가닥 희망의 끈을 놓지 않고 손자의 손을 꼭 잡고 돌아온다 고향을 애써 들먹인들 그건, 내 안에 살고 있는 애물단지, 옷깃 스쳐지나가는 바람 같은 것 하지만, 연어는 때가 되면 돌아온다

2013. 2. 11. 어느 실향민의 독백 중에서

28

동면(冬眠)

동면은 준비된 자의 몫이다

나목의 처절한 시위
서리꽃 피고
살점 같은 잎 다 내어주고
금 조각 같은 열매도 다 준다

동면의 꿈은
그렇게 달구어지는 거였다

빈 마음 창고에
따스한 햇살이 들고
온김에 동토는 녹아 싹을 틔운다

어름 장 뚫는 물소리
길을 내고
버들강아지 망울 탱글탱글
긴 잠에서 깨어난다

꿈에 그리던 임이 오시는 게다
봄바람 살랑살랑 타고…

2013년 아람문학 봄호 발표작

눈꽃

솜털 같은 눈발이
시나브로 내려
눈꽃이 피여 모두 하얗다
왠지,
발자국 남기고 싶은 설원

보고 싶은 그리운 임
소리 소문 없이 하얀 손을 내민다
꿈속에서나 그리던 눈꽃
오래 머물러 주면 좋으련만

발자국 따라간 흔적
찻잔에 아른거려
묵은 사랑
내 영혼까지 너에게 주고 싶다

2012. 12. 22. 눈꽃 핀 설원에 발자국 남기다

어느 봄날의 대화

어느 봄날의 길목
볕 빨고 있는 담장 옆
개나리 목련, 다정한 이웃 이래
서로 닮은 데라곤 없지만
자신의 개성이 똑똑 튄다
큰 키에 쩍 벌어진 어깨
우윳빛 황홀한 신부 목련
귀티에 통 큰 야망까지 겸비했네
개나리는 그런 목련이 부러웠다
하지만,
목련은 개나리가 무척 행복해 보였다
아기자기한 키에 아리한 몸매며
오목조목 천진스런 재롱떪이 그렇고
소박한 꿈, 노랗게 올망졸망 달린 정까지
난 연둣빛 허기를 달래며 팬 카페에 들러
목련차, 개나리차를 음미하며
잃어버린 내 작은 꿈 하나 반추해 본다

2013. 4. 13. 봄비 추적이던 날 카페에서

봄 길들이기

시누이 말꼬리 같은 황사 바람이 봄의 길목을 잡고 흔들어 어지럽히더니 세우가 찾아와 어머니 손길처럼 냉가슴을 쓰다듬어 준다 고요아침 햇살욕을 즐기는 산하, 촉촉이 윤기 흐르는 땅 거죽이 살갑다 파릇파릇 치미는 싹, 순, 꽃망울이 미쁜 아침, 순결의 포대기에 감싸여 볕을 빨고 있다 음울한 커튼을 접고 창문을 활짝 여니 봄 내음이 싱그럽고 살갑다 담장 넘어 목련 망울이 하루가 다르게 눈 맞추고 시샘의 눈길이 꽂힌다 하늘이 닫치고 으스스한 바람이 시기하듯 발목을 잡는다 수은주가 뚝 떨어지고 먼 산간엔 폭설이 내렸다 봄 길들이기 냉, 온탕을 오간다 봄은 아직, 덜 길들여졌나 보다 임은 가슴앓이로 길들여져야 오시나 보다

2013. 3. 15. 꽃샘추위 시샘의 길목에서

벚꽃 지는 길

벚꽃이
바람에 우수수 떨어진다
지는 것도 저리 고울까
절정의 아쉬움
가슴앓이 도지기 전에
한 순결 바람에 속절없이 진다

숨 막히도록 눈부신 결
애절하게 길 위에 눕는다
정에 데쳐진 꽃잎이
추적이는 비에 젖어 애처롭다

변덕스러움 보듬고 산 날들
황홀한 흐드러짐도
지고 마는 것을
지는 것이 아름다워 가슴에 묻는다

2013. 4. 25. 벚꽃 꽃비 맞으며

가을 산의 초대

앞으로만 달려가는 백지 같은 시간
바람이 오색 꿈 실어다 수를 놓았다
사춘기 가을 산 할 애기가 많은가 보다
사색의 잔해 낙엽 밟으며 애써 찾아갔다

삼차원 공간 바람이 머문 곳
갈잎 우려내는 향기에 취해
등줄기에 흐르는 땀방울도 잊고
물, 새소리 벗 삼아 불타는 산으로 갔다

정상에 이르니 산이 포옹을 하며 묻는다
초대한 이유를 알고 있는가
보고 듣고 느낀 소감은 어떤가
온몸 던져 그린 작품, 평생 못 잊을 걸세

마음이 울적한 가을, 당신이 오신다면
갈잎 우려낸 차 한 잔 마시며
사유하고 남기고 싶은 사연 담아
상상 주머니 속 행복한 시간으로 남겨두리라

2008. 10. 26. 산이 부르기에 찾아간 어느 가을날에

생활의 지혜

육체의 건강은 피를 맑게 함에 있고
이는 곧,
바른 정신의 기틀을 갖춤이며
진리의 깨우침은
마음을 맑게 유지하는 데 있다
고로,
늘 피와 마음을 맑게 유지하라
아울러,
과식과 과욕은 피와 마음을
흐리게 하니
음식은 기공(氣空)의 조화로 다스리고
마음은 절제와 비움으로 다스려라

건강한 육체에 바른 정신이 깃든다

때가 되면 알 거라고

귀 어둡고 눈이 침침해도
에미는 자식을 마음거울로 보지만
자식은 그 마음을 알지 못 한다

한 세대가 가고 또 한 세대가 오듯
가을은 봄을 기억하지만
봄은 가을을 상상할 뿐이다

아가야
네 자식이 귀엽듯
난 네가 귀여웠느니라
귀 먹고 눈이 침침해지면
언젠가는 알게 될 게다

왠지,
입맛이 씁쓸하구나
이 마음 꼭 어머니 마음이었으리

2009. 8. 20. 귀 어둡고 눈이 침침해지면

36

벽걸이 시계의 알림

벽걸이 시계는 원을 그리며 제자리를 돈다 그것도 왼쪽에서 오른쪽으로만 돈다 멈추는 일은 있어도 뒤로 가는 일은 없다 하루에 시침은 두 바퀴, 분침은 스물네 바퀴 돌지만 초침이 하루에 일천사백사십 바퀴 돈다는 것은 잘 모른다 시침은 분침이, 분침은 초침이 가르쳐 준대로 간다 그게 세상 살아가는 그들만의 법칙이며 나름대로 하루하루를 살아가는 법도인 셈이다 그들은 누가 더 힘들고 어렵다고 여겨본 적 없다 하루가 숙명처럼 행복이라 여기며 살고 있다 그들에게 어제, 오늘, 내일이 있는지 알 수 없지만 오늘은 어제의 꿈이고 오늘은 내일을 낳는다 어제는 노을처럼 아름다운 추억을 남기고 내일은 꽃이 피고 열매도 맺을 거라는 기대로 산다 오늘이 어제와 내일 사이란 걸 벽걸이 시계는 알린지

2009. 5. 21. 오늘도 벽걸이 시계는 돌고 있는데

낙엽을 쓸다

늦가을 가로수는 하늘을 쓸고 난 길을 쓸다

여보시게 가로수 양반 이제, 잎이 쓸모없다고 토사구팽 버리긴
가 그리 버리면 난 어찌하라고 말도 없이 떠넘기는가 이보시게
하늘에 매달아둘 수도 없는 일 어찌 하겠는가 가을비는 추적추
적 내리고 바람은 얄밉게 불고, 자네 심정은 이해하겠지만 나
도 어쩔 수 없으니 자네가 이해하게나, 당신이 땅바닥을 쓸면
나는 하늘을 쓸 테니 지나친 걱정은 하지 말고 파란 하늘에서
따스한 햇살이 쏟아지면 내 덕분인지 알게나 가로수길, 자동차
는 줄지어 달리고 사람들은 바삐 제 갈길 찾아 간다 낙엽 진 가
로수길, 낭만적일 때도 있지만 버거운 짐이다 난 떨어져 뒹구
는 낙엽을 쓸고 가로수는 하늘을 쓴다 깔끔한 거리 사람들의 발
길이 뜸하다

2009. 11. 13. 낙엽 진 길의 풍경을 담다

물 위를 걷는 사람

그저, 받아들이라 한다
그리고 참으라 한다
온몸이 어름덩이가 될지라도
물 위를 걸으려면…

발가벗은 겨울나무처럼
노지 운김으로 버티며
기다리라 한다
물 위를 걸으려면…

시베리아의 삭풍꼬리가
유난히도 긴 겨울
온실을 벗어나
물 위를 걷는 사람들

그들은 물 위를 걷고
받아들이고 참을 줄 알기에
저 겨울나무처럼
봄을 기다릴 줄도 안다

2010. 1. 17. 한겨울 물 위를 걷다

어느 무덤가에 핀 들국화

주단마루 해가 소맷자락 잡을 쯤
무서리 마다하고 무덤가에 핀 들국화
억새 서걱이듯 임 그리워 향 피운다

서리꽃은 수절의 시린 아픔
짐 벗으려는 미완의 슬픔인가
지켜 주지 못한 번뇌의 꽃은 피어나고

네가 나를 사랑한 만큼
정 그리워 피는 꽃 들국화
소슬한 가을아침
벌 한 마리 찾아와 회억을 더듬는다

2009. 11. 17. 갈볕 국화 옆에서

봄바람 들면

암탉이 제 알을 품듯 햇살이 생명을 품는다 산에 들에 번지는
연둣빛 생명의 불씨가 바람타고 번져 창문으로 스며든다 길가
민들레는 노란 함박웃음 짓고 제비꽃은 수줍은 자줏빛 반지를
끼운다 내 안에 드는 산뜻한 봄 맛, 사랑에 빠진다 지난주엔 우
아한 목련과 데이트를 했고 이번 주는 불광천 뚝방길 화사한 벚
꽃과 데이트를 했다 이번 주말에는 향로봉자락 산촌소녀 닮은
진달래를 만나야겠다 다음 주엔 누굴 만날까 봄바람 덧칠하기
전에 파릇파릇 피어나는 연둣빛 사랑에 빠져 볼까 꿈을 그린다

2010. 4. 17. 새 생명이 가슴에 똬리를 틀다

잔설이 남긴 말

먼 산 햇살도 등진 후미진 곳
잔설이 독백처럼 남긴 말
겨울은 가고 봄은 온다

때를 숙명이라 여기는
한 생애를 보는 것 같아
연민의 정이 가슴에 고인다

그에게도 한때
한겨울 젊은 날이 있었지
보내기 아쉬운 정 곰살거린다

어쩌면 언젠가 나도
저 잔설처럼 어느 골짝 응달진 곳
소리 없이 삭으러 사라질 게다

시간은 뒤로 갈 수 없고
몇 고비 넘고 돌아가면
다시 올 거란 믿음에 말없이 사라지는 게다

2011. 2. 30. 먼 산 잔설의 소리 없는 독백

지금처럼

이별이 일기장이라면
만남은 백지다

이별은 마음이 아프고
만남은 꿈에 부푼다

머릿속 일기
쉬 잊혀질 리 없고
연륜 속에 녹아 사라질 뿐이다

꿈은 백지에 그려지고
그 그림은 추억을 찍어낸다

이별과 만남 사이
지금
늘 지금처럼 머물면 좋겠다

2011년 아람문학 겨울호 발표작

후조(候鳥)

때가 되면 찾아오는 임
강변 갈대밭에서 사랑을 속삭여요
물방울 스미지 않는 곱디고운 깃털
서로 부비며 낙조의 품에 잠들어요

여정이 아직 창천에 있는데
삭풍은 빌딩 넘어 시려오고
날갯짓 하늘 꿈 쓸어
강물 위에 꽂히고
애틋한 연가 강심에 흐른다

이제,
가슴 가득한 정 두고 가면
언제 오시려나
아쉽지만 못 다한 사랑 있다면
두고두고 후일에 하시구려

2004년 서울글사랑 동인지 발표작

2부

사랑하는 당신에게

낙엽 하나 떨어지는 미동에도
설레는 마음으로 만나
이 세상 아름다운 것 하나 있다면
내 마음속에 비친 당신만 하겠소

사랑하는 당신에게

낙엽 하나 떨어지는 미동에도
설레는 마음으로 만나
이 세상 아름다운 것 하나 있다면
내 마음속에 비친 당신만 하겠소

우린 어쩜 운명처럼 만나 살면서
기쁜 날보다 고통스런 날이 많았지
마음 하나만으로 다 되는 줄 알았는데
다하지 못한 내 잘못이 크구려

믿음으로 사랑이 성숙된다지만
스치는 눈빛 풍기는 체취로나마
당신의 깊은 속을 알 수 있을는지
행동으로 보여주지 못한 내 못남을
두고두고 탓하여도 할 말이 없구려

하지만,
큰마음 하나로 버티어온 나를
당신은 이해해 주리라 믿소
난 다시 태어난다 해도
당신을 만나 그동안 못 다한 사랑 주고 싶소

2004년 서울글사랑 동인지 발표작

북한산

언제부터인가
나는 너에게 빠져 버렸지
마음 한 곳 자리한 당신이기에
사변의 세계를 넘나들며 꿈을 꾸고
마음에 고향을 찾아
삶의 의미를 새롭게 새기곤 했지

그런 당신을 진정 좋아하는 이유는
이심전심 피어나는
생명의 소리가 있고
시공을 초월한 아픔 속
새로운 변화가 일기 때문이리

도심의 혼탁한 일상 속
쇠잔한 기운을 느끼며
세파에 찌들어
내가 누구인지 모른 채
부질없는 욕망의 포로가 되어
허우적거릴 때
발길은 언제나 당신을 찾게 되었지

그때마다
변함없는 마음으로 감싸주고
진리의 기운으로 씻어주어
자아를 찾고
잃어버린 길을 찾게 해 주었지
그래서 당신은
영원한 나의 스승이요 반려자인 게다

2004년 서울글사랑 동인지 발표작

가을이 달고 온 단상(斷想)

가을이 꿈틀거리고 중얼거리며 보챈다
하늘은 구름 몇 덩이 떠 있어 여유롭다
가을에는 누구나 한 번쯤 시인이 된다
다만 가슴에 품고 만지작거릴 뿐이다
흔들리는 코스모스 꽃길을 가노라면
가을이 흘리고 간 생각을 줍게 되고
뿌리치지 못한 마음은 누군가에게로 간다
산이 읊조려 부르고 그 품에 안길 때
난 너에게서 깊은 생각 하나 건져 낚아보지만
나무 이파리 하나하나에 머문 고뇌의 자국이
텅 빈 마음창고에 하나씩 쌓일 뿐
나는 낙엽 지는 소리를 듣지도 못한 채
몸뚱이 지고 터벅터벅 내려오고 있었다

2007년 아람문학 겨울호 발표작

가을을 낚다

하늘에 낚싯대 드리우고 가을을 낚다

살랑살랑 소슬바람이 조석으로 감칠맛 돌면
하늘빼 밝은 호수에는 새털구름이 유영한다

미끼는 구름이 좋아하는 그리움
찌 근처 고추잠자리 추억처럼 아른거리고
햇살은 번들번들 길을 열어 일렁인다

기다림이 깊어도 낚이지 않는 구름
오금이 저려 이리저리 뒤척이다
설레는 찌의 움직임, 파문이 일고
곧 손끝에 오는 전율, 월척 가을이었다

땅거미 지고 산등성이 눕는 밤에는
반짝반짝 빛나는 별을
나만이 알고 있는 비법으로
펄떡이는 가을을 낚는다

2007년 서울글사랑 동인지 발표작

51

선풍기

우리 몸 센서는 아주 예민한가 보다
바람 맛 선선하니 솔솔 가을 냄새가 난다
요 며칠 전 까지만 해도 더위와 씨름 했는데
세월 앞엔 당할 장사가 없나 보다
올 여름까지만 해도 요긴하게 써먹은 선풍기
환절기에 무릎이 시린 게 예전 같지 않고
녹이 슬고 먼지와 때가 찌들어 초라하다
그래도 아내는 정 들어서일까 더 쓸 요량으로
정성껏 잘 닦아 포장하여 벽장에 모셔 둔다
문득, 부채를 물려 준 아버지가 생각난다
점점 쓰임새가 누군가에게 잠식되어가는 계절
이제 자식에게 흘러간 시간을 물려주어야겠지
아들은 에어컨을 놓자고 자꾸 등을 떠민다
미래를 할부해서라도 에어컨을 놓아야겠다

2007년 서울글사랑 동인지 발표작

52

가을비

둥지 떠난 자식들이
손님 같이 왔다
나그네처럼 떠난
주름진 아내의 얼굴엔
소리 없는 가을비가 추적인다

여름내 흘린 땀자국마다
황혼이 타들어간 잎사귀처럼
유리창에 번져 핀 자화상을 보며
아내의 마음도 어느새 가을비에 낙엽진다

손때 묻은 가계부 갈피마다
빛바랜 흑백 사진 같은 날들이
석류알처럼 박혀 아려오지만
무심한 가을비 그 마음 알 리 없다

가을비 촉촉이 가슴 적시던 날
난 아내가 부친 빈대떡에
지난 세월을 술잔에 따라 비우며
추적이며 찾아온 임 애써 지워본다

2006년 서울글사랑 동인지 발표작

목련아

따스한 봄볕 유혹이
며칠 새 속살 훔치더니
끝내,
얼음장 같은 가슴
사르륵 녹아내려
겹겹이 감싼 베일 벗고
보란 듯 뽐내는 목련아
그 당당함에 질식하겠다

부러운 시선과
축복을 한 몸에 안고
백옥 신부처럼 살포시 웃음 짓는
꽃의 제왕 목련아
그 우아함에 질식하겠다

어느 날
시샘하는 봄비에 젖더니만
풀죽어 사그라진 목련아
화무십일홍이라지만
네 명암(明暗) 오래도록 지울 수 없구나

2005년 서울글사랑 동인지 발표작

별을 줍다

어릴 적 동네 언저리에
나이든 참나무 한 그루 마을을 지키고
동네 아이들 술래잡기 기둥이 되고
그넷줄 대들보가 돼 주던 참나무

무성하게 돋아난 잎사귀의 푸른 꿈이
가을이 오면 한 톨 한 톨 여물어 밑알이 된다
발로 툭 차면 후드득 떨어지던 상수리
머릿속에서 성냥개비 상수리팽이가 돈다

그 어릴 적 풋내 그리운 밤
미리내강에 별빛이 총총히 흐르고
하늘을 받친 기둥을 툭 차니
별이 후드득 떨어진다

별을 털어 유년을 줍고 싶은 밤
참나무아래 술래잡기 하던 아이들
상수리처럼 배돌아 가슴마당에 쏟아진다
발로 기둥을 툭 차 별 별을 줍는다

2008년 아람문학 봄호 발표작

물같이 물처럼

물은 생명이요 물의 길은 법
물같이 물처럼 살라 합니다

부드럽고 따뜻한 가슴
맑고 차가운 머리
자정(自淨)의 길은 수신이라 합니다

모두 받아주고
차면 넘치며
부딪치면 돌아갈 줄 아는 물길은 지혜입니다

생명을 주고 그 생명을 지켜주며
낮은 자세로 보듬어 바다에 이르고
승천하여 다시 태어남은 믿음이라 합니다

2008년 아람문학 겨울호 발표작

은행나무 연가

책장을 정리하다 우연히 눈에 띈
흑백사진첩 갈피 속 노란 은행잎 하나
옛날이 화석처럼 압착되어 회억이 묻어나고

거기, 가로등 조명발 아래
허공을 저으며 지는 은행잎은
지난 연민을 자아내는 몸부림일세

푸름이 어느덧 노랗게 번져버린 가슴
바람은 어찌하라고
채워도 끝이 없는 그리움을 달고 오는가

묵은 아픔까지 훌훌 벗어던지고
가지런히 정갈한 마음으로
은행나무는 한 땀씩 새 옷을 깁고 있다

2008년 아람문학 겨울호 발표작

몸과 마음의 인연

하나인 듯 둘인 몸과 마음
세상에 같이 온 건 인연이니
사이좋게 지냈으면 좋겠다

서로 무슨 갈등이
그리 많은지
그러다가 분리되면 어찌하려고

천생연분이라지만
서로 근본이 다르다보니
겉은 멀쩡해 뵈도 속은 곪아 터진다

그래도 질긴 인연이니
저승에 갈 때까지
서로 보듬고 참고 살아야하지 않겠나

마음은 몸을 아끼고
몸은 마음을 헤아려 준다면
버거운 짐 험한 길도 두렵지 않으리라

2009년 아람문학 가을호 발표작

겨울열매 고드름

겨울열매 고드름이
추녀 끝에 주렁주렁 달렸다
금년엔 눈이 많이 내려
고드름 풍년이 들었다

세상을 거꾸로 보듯
너를 보면 한 번쯤
추억 속으로 여행을 떠난다

얼음사탕 입에 넣고
오도독 깨물면
냉(冷) 차게 번져오는 느낌
어릴 적 시린 그 겨울 맛

성질이 대쪽 같아
거꾸로 살지만
수정처럼 맑아
하늘의 뜻인 듯 세상을 거꾸로 보고 산다

2011년 아람문학 겨울호 발표작

눈꽃 피던 날

회색빛 하늘
회초리 바람으로
그린 그림 하나
눈부시게 세상을 품은
순백의 꽃 눈꽃

오색의 연이
얽히고설킨
빌딩숲이 독선처럼 오만하다

겨울 산에 반해
찾아갔더니
산사람 만나 눈꽃이 된다

눈꽃은
흐리고 독한 추위 딛고 핀다
밤새 아리게 울부짖던 바람
새삼, 하얀 깨달음을 준 선물이었다

2011. 1. 25. 눈꽃 피던 날의 상념 속에서

마음 창고

나에겐 마음 창고 하나 있다
그 마음창고엔 세상 모든 게 있다
말, 소리, 글, 사랑과 미움 희로애락까지

저마다 창고 크기는 다르지만
채우는 일에 분주하기만 하다
창고엔 빈 곳 없이 여유가 없다

창고에 쌓인 것들이 짓누른다
가슴이 답답하고 찢어질 듯하다
비우면 되는 것을, 버리면 되는 것을…

비운 마음 창고에
말, 소리, 글이 제자리 찾아가면
사랑은 주고 미움은 거두어들이며
희로애락은 나누어 갖는 거란다

2011. 6. 10. 마음창고 정리 중에서

우리 집 천사

초롱초롱한 눈망울
오목조목 귀염 박힌 얼굴
재롱덩이 넌 평화의 천사

언제나,
행복을 불러 오고
끊긴 사랑을 이어주는
지혜의 샘 꿈의 산실이어라

닫힌 문 열리우고
지친 마음 쓸어안는
갓돌 지난 넌
우리의 미래요 꽃이어라

2011년 아람문학 가을호 발표작

단풍잎

삶이 녹아 물든 잎
덧없는 바람은 알까
파란 하늘에게 묻는다

임은 가을 정곡(情曲)
살점 타는 절규(絕叫)
내 가슴에 노을 진다

빈 마음 그릇에
한 잎 한 잎 단꿈 담아
회억을 삭혀 우려낸다

숙성된 고은 자태
살 내음 짙어가듯
난 너처럼 물들고 싶다

2011년 아람문학 가을호 발표작

심즉관(心卽觀) 심즉성(心卽成)

바람결에
나뭇잎이 살랑거림은
사랑일까 미움일까
당신의 마음입니다

아침 햇살에
사라지는 이슬이
기쁨일까 슬픔일까
당신의 마음입니다

구름에 떠가는
달님이 어디로 가던
당신 안의 달은
당신의 마음입니다

하지만,
준비된 자의 마음은
당신의 몫입니다

2012년 아람문학 봄호 발표작

살며 가끔 찾아드는 병

살며 가끔 찾아드는 병
산다는 것
그리고 난 지금
어디로 어디쯤 가고 있는지

인연으로 여기 와
인연으로 살다
언젠가는
그리도 질긴 인연 풀고 갈 게다

땅이 해를 벗어나지 않고
스스로 숨 쉬고 쉼 없이 돌 듯
이 끝없는 자유의 구속
마루의 별을 먹고 살라 한다

멈춤 없는 열차
눈에 박힌 얼굴
가슴에 새긴 기억들이
주마등처럼 스쳐 지나가고
힘에 부쳐도 오늘도 열차는 달리고 있다

2012년 아람문학 여름호 발표작

쓰레기통

먹고 쓰고 버림받은 것들
껍데기, 껍질, 빈 깡통, 빈 병
휴지쪽, 꽁초나부랭이

쓰레기통은
버릴 거라 해서 바로 버리지 않는다
품어 받아주고 안아줄 뿐

쓸모없다고
하잘 것 없다고
뉘 쉬 거두려 하지 않는다

쓰레기처럼 버림받은 것들
모두 오라
나는 너를 쉬 버리지 않고 함께할 거다

2012년 아람문학 가을호 발표작

주머니

주머니는
가지가지 많기도 하지
겉 주머니 속 주머니
앞 주머니 뒷 주머니 옆 주머니
새끼 주머니 복 주머니
벙어리 주머니 밑 빠진 주머니
찬 주머니 빈 주머니 딴 주머니
심술보 주머니 나눔 주머니
웃음 주머니 눈물 주머니

웃으면 복이 오고
사랑을 나누면 행복이 온다네
기왕이면 그런 주머니 달고 싶다

2012년 아람문학 가을호 발표작

홍도는 말한다

큰마음 가슴 뛰는 바다
보고 싶은 섬 홍도

하얀 물거품 뱃길 위에
가물가물 멀어지는 뭍
한 외로움의 갈래 같이
다가왔다 사라지는 섬들
때 묻지 않은 마음이 머문다

흑산도가 어머니라면
푸른 바다 위에 떠 있는
두 밤톨형제 같은 섬 홍도

유람선 타고
섬 일주 오십 리 길
하나하나 신비스런 속내 드리운다

베일 벗는 기암괴석
카메라 셔터 소리, 감탄사 뿐
신선들의 작품이라 평론은 없다

바다 위 조각공원 홍도
여정의 편린을 사진에 담아
먼 훗날 다시 보고 싶을 때
천년의 신비를 한 겹 한 겹 꺼내볼 게다

2013년 아람문학 여름호 발표작 신선들의 별장 홍도에 가다

막걸리 타령

막걸리를 탁배기라 했을까
산다는 건 때론
탁배기가 되고 싶은 게다
탁배기를 즐기신 아버지
오래뜰이 닳아 삭신이 쑤실 때면
탁배기로 지우시던 아버지
그때의 어린 투정
지금에서야 흔들어 마신다

뉘 위한 몸부림
아버지 되어 알만 하니
아버지는 내 곁을 홀연히 떠나신 뒤였다
곧 알게 될 거란 믿음하나 내려놓고서…

막걸리 잔에 어린 아버지
들볶여 회억에 잠 못 이루는 밤
이 마음 편치 못해
잊어버리고 싶어 가슴 쓸어 담는다

막걸리 타령으로 나마
못 다한 매듭 풀어 본다
아버지란 나에게
말이 필요 없는 스승인 게다

2013년 아람문학 가을호 발표작

살짝 맛이 가다

미루어 살피건데
사랑은 가을 단풍처럼
살짝 맛이 가야 하는 게다

눈 멀고 귀 먹어 오솔길을 걷다
너를 만나니 문득, 알 것 같다

많은 시간을 투자해도
너처럼 살짝 맛이 갈 수 있다면
어느 날 소리 없이 간다한들 어떠하리

단풍 우려낸
차 한 잔이면 될 것을
언제이던가
살짝 맛이 간 기억 속을
저물어가는 시월이 헤집고 간다

2013년 아람문학 겨울호 발표작

묵은지

국사봉* 자락 봉천동 언덕배기 단칸 신혼 방은
겉절이처럼 매콤하게 눈시울 적셔 오고

해를 거듭할수록 내 입맛이 된 아내의 손맛은
가계부 집안 구석구석 서려 있어 가슴 적시곤 한다

지난 삶 절여 담근 당신의 곰삭은 손맛이
묵을수록 새록새록 피어나 새콤하다

점점 무디어지고 잊혀져가는 맵고 짜고 달콤함
묵은지처럼 시금털털하고 누룽지처럼 구수하다

우리 집 묵은지 맛 부러워하듯
우리, 연륜이 깊어갈수록 묵은지 맛처럼 삽시다

*국사봉: 서울시 관악구 봉천동 뒷산

2014년 아람문학 봄호 발표작

시작(詩作)의 변(辯)

가을비 추적이던 자리마다
시상은 파란 하늘을 유영하고
아람은 선문답 차고 미로 속으로 사라진다

멍과 실에 꿰어 목에 걸어보고
산수유 밝은 반지 약지에 끼워도 보고
모자이크 단풍 옷 걸쳐 입어도 본다

허접한 시 밭엔
들을 수 없고 잡히지 않는 언어만 무성하다
그래도 아쉬워 글 가방에 요리조리 담아 보지만
느낌은 마음을 찍어내지 못해 애간장을 태운다

황금빛 들녘을 베고 누워 물끄러미 하늘을 바라보니
뉘 쓰다버린 구름 몇 점 한가로이 떠가고
낡은 시어는 낙엽처럼 지천에 굴러 발길에 차인다

생각을 몰고 오는 내 설익은 시 낚시
나에겐 아직, 피라미만 잡힐 뿐
가을 그림처럼 풍요 속 배고픈 계절인가 보다

2014년 아람문학 여름호 발표작

말간 하늘에 풍덩 빠지다

끈적여 뒤척이다 지샌 밤
타오름달의 월흔은 이울고
어느새 자그러운 바람결에
하늘 문이 스르륵 열린다

열매달 구월에는
너도나도 풋내 벗고
올차게 향기 슬어
여물어 익는 거라고
새밭의 바람이 귀띔해 준다

정 고여 사랑 들면
아람 들어 툭 떨어지듯
덩달아 나도 그만
말간 하늘에 풍덩 빠지고 싶다

2014년 아람문학 가을호 발표작

빈집

(1)
조잘대던 새끼들
둥지 떠난 썰렁한 빈집
시끌벅적 아옹다옹
사는 냄새 다 어디 가고
곰삭은 세월만 벌렁 누워있다

에미의 온기가 서려 있는
빈집엔
구석구석 거미줄만 설쳐 있고
사랑이 행복이 무언지
아픔으로 얼룩져 노을처럼 피어난다

삶이 떠난 빈집
사는 게 무어냐고 묻는다
빈집, 먼 옛날처럼
시끌벅적 아옹다옹
사람 사는 냄새가 그리운 게다

(2)
날갯짓 배우더니 먼 하늘로 날아가고
빈 둥지엔
기다림에 지친 바람이 수런거린다

어미의 온김이 그리워 더듬는 햇살
구새든 툇마루에 누어 젖을 빨고
추녀 끝에 지난날이 반짝거린다

빈 둥지에 고인
얼룩지고 빛바랜 언어들
스미고 날아가 보이지 않고
기억 속에 꽂힌 편지는
가슴을 적셔 놓고 안개처럼 사라진다

빈집
사랑, 행복, 기쁨, 아픔이
싸리문 열고 성큼 걸어왔다가
용마루 타고 훨훨 날아가 사라진다

빈집에서 잃어버린 답을 찾다

꽃을 보면

꽃은 아름다워
유혹이고
향기로워
끌림이다

그건,
설렘의 시작이고
만남의 이유다

꽃은
사랑의 서곡
결실의 메신저

어느 날
모두 떠난 자리
칼바람 에이면

각색의 서리꽃도
연출의 눈꽃도
피고지고

헌데,
그 향기는
너의 몫이더라

2015년 아람문학 봄호 발표작

능소화

담벼락에 그려놓은 수채화 한 폭
주제는 한여름 밤의 꿈
부제는 임의 주홍빛 입술

하늘 큰 창
맑은 날엔 별빛을 쓸어 담고
구름덩이 얽힌 날엔 달을 품고 꿈을 키운다

벽에 걸어 놓는 작은 창엔
생채기 같은 설렘이 살고
늘 그리움이 깃들기에
벼랑 끝 딛고 푸른 손을 내민다

꿈이, 그리움이 꽂혀
벽을 타고 올라 하늘을 담을 때면
참았던 침묵을 시험하듯
어둠의 고요가 거치고
여명 벗고 아침이 온다

그해 여름 내내
능소화는 주홍빛 입술을 잃지 않았다

2015년 아람문학 여름호 발표작

어느 가을 편지

을씨년스런 가을비에
땅거죽은 붉덩물 지는데
노란 은행잎이 정곡을 찌른다

구년묵이처럼 떠밀려
버겁게 오른 산
이제, 옷을 벗고 내려오라 한다

품 안의 아이들은
열구름처럼 떠나고
가슴을 적시는 가을 편지
단풍처럼 곱게 물들라 한다

2015년 아람문학 여름호 발표작

화초와 야생화의 대화

화초가 야생화에게 말한다
애, 넌 촌스럽게 그게 뭐니
화장도 하고 머리도 좀 빗고 다듬지
아니야 난 이대로가 좋아
흙먼지 바르고
바람으로 머리를 빗고 다듬는 게
애, 그런 널 누가 좋아하고 사랑해 준대
난, 있잖아
주인이 얼마나 아끼고 사랑해 주는지 몰라
비가 와도 눈보라 쳐도 걱정 없어
한 겨울엔 따뜻하게 난로도 피워주고
물과 먹을 것은 물론 영양제까지 줘
감기라도 들면 때 맞춰 약도 준단다
그래, 넌 행복하겠다
하지만, 나에겐
보듬어주는 별과 달이 있고
비와 바람이 있어 든든하지
나를 사랑해 주는 주인은 없지만
벌, 나비가 찾아주어 즐겁지
아마, 나에겐 너에게 없는
향기와 끌리는 매력이 있나 봐

난 너처럼 화려하게
길들여져 지내지는 못 하지만
구름처럼 마음 가는대로
야생에서 이슬 먹고 사는 게 좋단다

2015년 아람문학 가을호 발표작

벙그러지는 봄

먼 산 후미진 골
잔설이 녹아내리고
언 땅도 숨죽여 스르르 풀려 열린다

가슴으로 전하는
이, 파릇한 생명의 소리
여기도 저기도 벙그러지는 봄
너도 벙글고 나도 벙그러진다

벙그러진다는 것
매서운 시샘의 담금질
가슴에이는 아픔 딛고 온다

볕 서린
그곳에 가 보아라
망울 터지 듯
담장 안 밖 산에 들에 봄이 살며시 벙글테니…

2016년 아람문학 봄호 발표작

3부

들꽃으로 살래

나는 화초처럼 너의 창가에 갇혀 사느니 어디든
훨훨 날아가 터를 잡고 들꽃처럼 살래, 기약에 얽
매어 떠받혀 사느니 꾸밈없는 설렘 안고 민낯으로
살래, 붙박이 눈빛 보다 확 트인 하늘 보며 살겠어

들꽃으로 살래

나는 화초처럼 너의 창가에 갇혀 사느니 어디든 훨훨 날아가 터를 잡고 들꽃처럼 살래, 기약에 얽매어 떠받혀 사느니 꾸밈없는 설렘 안고 민낯으로 살래, 붙박이 눈빛 보다 확 트인 하늘 보며 살겠어 보호자가 없다는 게 두려움이 될 수는 없어 나는 너처럼 평생을 미성년자로 살고 싶지는 않아 때론, 바람의 손끝이 매섭고 차가워도 내 곁엔 벌 나비가 있어 위안이 되고 꿈도 품을 수 있어 봄엔 꽃이 되고 여름엔 푸른 잎이 되고 가을엔 열매가 되고 겨울엔 사위어 진다한들 모질고 애처롭게 보일지 모르지만 하늘이 나에게 준 행복이란 선물이라고 여겨, 도전은 모험이지만 그게 싫어 화초처럼 사느니 난 이슬이 다가와 맺는 들꽃으로 살래

2016년 아람문학 여름호 발표작

별을 따러 간 사람들

베일에 감사여야
신비스러운 것처럼
별이 베일에 가려 반짝인다

벗겨도 베일
그게 어두울수록
별이 빛나는 이유다

꿈은 별을 먹고 살지만
늘 닿을 수 없는 먼 곳
내일로 달아나 있다

불치의 마력에 끌려
그리움 품고
별을 따러 간 사람들

어제, 오늘, 내일도
동경(憧憬)의 그 짓은
끊임없이 이어지리라

2016년 아람문학 가을호 발표작

물의 삼태

너 뜨거운 무엇인가에
얼음이 물이 되고 물은 증기가 된다
이성과 감성 사이 물이 존재하는가

너 고동치는 무엇인가
김 서리도록 사랑을 해봤나
눈시울 적시도록 흐느껴 봤나
가슴에 성에 슬도록 외로워 봤나

너 따스함의 무엇인가에
봄이 되면 알을 깨고 부화 하고
이파리는 파릇파릇 생기 돋는데
단내의 소금기로 허옇게 서걱거려 봤나

너 시간이 남긴 무엇인가처럼
손에 잡힐 듯 일곱 빛깔 아름다움인가
감성은 안개처럼 피어나고
열구름 되어 하늘을 유영한다

저 하늘 어디쯤
이슬처럼 맺히는 자화상
고독의 낯설은 영혼인가
어제 오늘 내일의 윤회처럼
김 서려 이슬 맺고 성에 슨다

2016년 아람문학 여름호 발표작

다시 태어난 소금밭

바다가
육지의 아랫도리를 범한 갯골
그 소금밭엔
바다 냄새가
향수로 곰삭아 반짝인다

볕, 갯물이 만나
은빛 소금을 빚던 밭
염부의 그을린 낯은
어디 가고
낯선 모습만 거닐고 서성인다

혹여,
갯골 가 머리 조아린 갈대는 알까
지금도,
바람은 시간을 흔들어 깨우고 있다

연륜이 절절한 소금 창고엔
흑백사진,
빛바랜 회억이
반기며 유년으로 안겨온다

다시 태어난
시흥갯골생태공원 갓길
만감이 교차하고
낙엽이 발길에 차이며 안부를 묻는다

소금밭 삶 같은 당신은
그간 안녕하셨는지
그때나 지금이나 갯내음은 짭쪼름 하고
두 어깨에 허옇게 쩐
소금기는 짜디짜기만 하다

2016년 아람문학 겨울호 발표작

동행의 의미

언제부터인가
핸드폰이 당신의 자리를 앗아 갔다
소중한 만큼, 의지하는 만큼
난 너에게 길들여져 있다
주어진 대로 툭, 툭툭 치면
눈빛처럼 통한다
너를 믿는 만큼
기억력은 점점 녹슬어가고
기록 창고는 비어만 간다
누구든 분실 당해보면 안다
앞이 캄캄할 테니까
손에 잡힐 때가 그리울 게다
언제 어디에 있든
같이 있어야 마음이 놓이고
네가 없는 세상 갑갑할 테니까
어느 한 순간
너를 잃어 보면 안다
네가 소중한 만큼 허탈하다는 것을…

2016년 아람문학 가을호 발표작

주홍빛 그해 여름

마파람이 콩밭을 후리고 지나가면
하얗게 그리움의 결 남긴 채
주홍빛 그해 여름
슬그머니 산모퉁이 돌아 숨는다

후드득,
여우비가 마음 밭을 헤집고 지나가면
산마루 햇살 비켜 마른 하늘가에
주홍빛 그해 여름
임 그린 일곱 빛깔 쌍무지개가 핀다

태양이 사위어 서산에 지면
능소화는 꽃등을 주저리 켜고
주홍빛 그해 여름
임 보고 싶어 담장 넘어 기웃거린다

벼랑 끝 치민 질기고 당찬 결기
일심 열정으로 푸른 꿈 피워
주홍빛 그해 여름
벼랑 끝 사다리를 놓고 하늘 끝 임 마중 간다

2017년 아람문한 봄호 발표작

창(窓)

숲이 보이는 창을 걸어 놓고 누군가를 기다립니다 숫자가 없는 달력엔 꽃이 피고 열매도 맺지만 창에 비친 날을 헤아리며 피고 지고 맺음을 가슴에 묻었지요 여백엔 무슨 말이 적혀 있는지 모르지만 당신은 숫자를 잊지 않고 둥근달 뜨는 날만을 기다리곤 했지요 하고 싶은 말 적어 놓고 잊고 산 날 얼마이고 창에 비친 말 삭히지 못해 방황도 했지요 그 창에 드리운 당신은 나의 전부였지만 창엔 가끔 구름도 끼고 잎이 곱게 물들어 가슴 저미었지요 한땐 푸른 시간에 가려 묵묵히 바라본 적 있죠 계절은 어김없이 찾아오고 어설픈 사랑이 두 어깨를 짓누르고 창가에 서성일 때면 지난날을 다시 쓰고 지우곤 했지요 창엔 당신과 내가 걸어온 어제와 오늘이 있고 내일이 기다리고 있기에 그 창만 바라보며 넘긴 달력 얼마이던가 우리 같은 창 바라보며 산 날을 기억하며 한 줌 햇살 바라보며 삽시다

2017년 아람문학 봄호 발표작

산

설은 마음이 멎고
따스한 손길이 돋는 산
목마른 사랑이 스며들어
숨결마저 싱그럽다

지친 심신이 머물고
곧은 심지(心志)에
저문 사랑을 지펴
정 배인 마음을 사른다

닫힌 마음 열고
찌든 때를 씻어
너른 너의 품에 곤히 잠든다

2017년 아람문학 여름호 발표작

금수강산이라 하네

한 줄기 빛이
하늘의 뜻을 열고
대륙의 웅지가 응결져 내린 땅
금수강산이라 하네

유유히 흐르는 강물
뻗고 휘감은 산줄기
조상의 얼이 숨 쉬는 땅
금수강산이라 하네

선열의 혼이 깃들고
내 영혼까지
영원히 잠들고 싶은 땅
금수강산이라 하네

파란 하늘이 하나
피 묻은 푸른 땅도 하나
심장의 고동소리도 하나
뉘라서 이 뜻을 거스르랴

이 땅은 시원(始原)의 터
세인의 등불
천명을 받들고 베푸는
지혜로운 천민(天民)의 땅

민족의 영지가 하나로 뿌리내려
요원의 불길처럼
길이 활활 타오르리라

2017년 아람문학 여름호 발표작

정이란

사랑과 미움 사이
까칠하고 어눌한 구석이 있다

사는 법
정 담는 그릇은 달라도
끌림이란 게 있다

늘,
속이 보여
가까이 다가갈 수 있는 사람

물처럼 품어
끊김 없이 제 길 가는 사람
비움이 부자인 그가 좋다

끌리는 정 때문에 산다고

차창에 비친 가을

시월 중순의 가을은 여유롭고 넉넉하다 가을비가 추스르고 지
나간 들녘은 비움으로 움츠려 들게 하지만 햇살은 황금빛으로
눈부시다 차창에 스치고 지나가는 가을 녘의 손짓, 땀의 열매가
가슴에 다가와 박힌다 감나무가 살갑게 다가 왔다간 홍시 남기
며 사라지고 산은 덩달아 새 옷차림으로 보란 듯 뽐내고 돌아선
다 저 들녘에 뿌리를 두고 씨 뿌린 지 언제이던가 두고 온 이웃
의 살결 비빈 정이 그리워진다 휑하게 뚫린 길 따라 달려온 시
간들이 들녘에 누워 있다 난 그저 이대로 가을 들녘에 잠들고
싶다 다가올 텅 빈 들녘이 을씨년스러워서일까 차창에 스쳐 지
나가는 풍경이 정 묻어 묻는다

차창에 스치는 가을 들녘의 사유

꽃과 열매에 가려진 시간

말한다 보인다
꽃과 열매
말 속에 피는 꽃
눈에 박힌 열매

이 모두 가려진 속내
말한다 보여준다
자양분의 수액이 흐르고
햇살의 숨소리가 들린다

뿌리, 줄기, 가지, 잎
하 많은 시간이 흘렀고
하늘에 기도를 했을까

눈비에 쓸리고 볕에 그을린 생명
보려하지 않고 말하려 하지 않는다
그늘에 숨어 살아온 어미처럼

수액이 흐르는 거죽을 만져 본다
햇살에 펼쳐 든 푸른 잎을 보고
흙속에 터를 잡은 뿌리를 본다

숨어 숨 쉬는 소중한 것들
너로 인하여
꽃은 아름다운 거고 열매는 자랑스러운 거다

속이 보이는 어느 가을날에

빨랫줄에 걸린 상념

먼 길 돌아 찾아드는 상큼한 아침 햇살 때문일까 아내는 창문을
활짝 열고 한철 쌓이고 찌든 때를 털어내고 닦아낸다 땟국이 밴
두꺼운 옷, 이부자리를 비비고 밟고 짜 빨랫줄에 걸어 놓았다
바람에 풍기는 새물내가 힘겨운 짐 벗고 홀연히 날아간다 심신
에 쌓인 먼지 찌든 때 털어내고 씻은 지 언제인지 자신에게 물
어본다 힘들고 괴롭다는 이유로 소홀히 험하게 다루지 안했나
뒤돌아보게 한다 상춘길 심신을 새순 새싹 같은 세제로 빨아 살
거운 봄볕에 걸어 놓는다 다시 또 먼지가 쌓이고 찌들 옷이지만
뒤돌아보고 빨아 입는 거다 잔설이 녹아내리는 먼 산 길모퉁이
묵은 때 씻는 물소리가 내 가슴 적시고 사라진다

묵은 때 벗고 새물내 풍기는 삶의 길목에서

집(家)과 몸(身)

집에는 사람이 살고
몸에는 영혼이 산다
집은 사는 집 빈집이 있는가 하면
몸은 산 사람 사(死) 자가 있다

새집은 튼튼하고 헌집은 손볼 곳이 많다
험하게 쓰면 쉬 망가가지고
시간이 흐를수록 잘 보살펴야 한다

눈비 오나 태풍이 불어도 걱정 없는 집
늘 사람 사는 냄새가 오순도순 풍기는 집
닦고 쓸고 조이고 기름칠 하여 윤기가 난다

내 집 비록 고택일지라도
몸이 편히 쉴 수 있게 보살펴야 한다
비가 새면 짜증스럽고 빈집은 영혼도 떠난다

오래도록 영혼이 깃들 집을 그리다

열매의 숨은 소리

열매는 탐을 불러
꿈을 키우게 한다
봄, 여름이 있어
가을은 오고
열매는 감동이요
사는 이유이지만
눈물, 땀은 보려 하지 않고
향기로운 열매만 보려 한다
어두움이 있어
별이 빛나듯
열매로 풍요로운
이 가을
지난 봄 여름이
더 값지고 소중한 게다

열매 앞에서 자신을 뒤돌아보다

감꽃의 회억

집 앞 감나무는 잎사귀도 늦게 돋더니 꽃도 늦게 핀다 매일 아침 눈 맞추던 짜릿한 무언의 언약을 아는지, 어느 날 연둣빛 겨드랑이에 황금 종을 오밀조밀 달고 왔다 정든 고향 옛집 오래 뜰 굽어보고 서 있는 아름드리 감나무, 오월 단옷날 볏짚 동아줄로 맨 그네를 타고 놀던 감나무 그 놀이터가 그립다 아침 햇살이 이슬을 털고 오면 노란 꽃 널브러지게 내려놓던 감나무 감꽃을 먹기도 하고 실에 꿰어 팔목에 차고 목에 걸기도 했지 제비가 비호처럼 하늘을 날고 젖 뗀 송아지가 에미를 찾던 절기, 모내기 일손 멈추고 새참 후에 낮잠 들던 그늘의 쉼터, 황금종 실에 꿰어 거실에 걸어두니 소꿉친구들이 떠오른다 감꽃이 지고 나면 잊혀질까 달빛 돌아선 도시의 하늘 밑 너라도 찾아주니 반갑기만 하다

감꽃이 피던 날 추억여행을 떠나다

105

별자리

저 까만 밤하늘에
제자리 지키며 빛나는 별
내 별자리는 어디에 있을까

얼마나 많은 날
바람 잘 날 없었을 텐데
그 자리 지키며 반짝일까

바람이 흔들고 간 자리
아침이면 자취도 없이 사라지고
밤이 되면 돌아와 제자리를 지킨다

도시의 찬란한 야경
삶이 덧나 술을 마신다
불빛이 바람에 휘청거린다

내 별자리
찾아보아도 보이지 않고
저 하늘만큼
이리저리 굴러도 제자리 별이면 좋겠다

저 하늘 내 별자리 찾아가다

분갈이

갈증으로 몸살 난 산과들에
간밤에 봄비가 촉촉이 내렸다
해묵은 체증이 풀리고
창백한 얼굴에 생기가 돈다
아직, 차가운 기운이
마음에 걸리기는 하지만
화분을 창밖 한데에 내어 놓았다

노지는 몸으로 배우고
부딪쳐 봐야 제 맛을 안다
얼마나 꽃이 아름답고
열매가 소중한지도 알게 될 게다

분갈이를 기다리는 봄
세상에 와서 처음 겪는 분갈이
온실로부터의 해방인가
분갈이 하던 날
지독한 몸살을 앓았다
아직도 창밖은 쌀쌀한데…

살며 분갈이 해 보았나

어느 노숙자의 변

불광천변 다리 밑
끼니는 굶어도 술을 마시는 사람
아픈 게 많은가 보다
잊고 싶은 게 가슴에 메이나 보다

그저 취하여
기억상실증에 걸리고 싶은 게다
하룻밤 자고나면
제자리 그뿐인 것을

아직,
꽃샘추위가 살아 있는 봄
버드나무는 고통의 잠에서 깨어나
거죽 뚫고 초록 눈 삐친다

그에게도 다스한 햇살이 들어
긴 동면의 잠에서 깨어나 봄이 찾아들까
벚꽃이 불광천변을 하얗게 물들이던 날
그 노숙자는 보이지 않았다

불광천변에 찾아든 어느 봄날의 소식

산(山) 사람

산이 산을 마주보고 하늘 괸
깊은 골짝의 물길이 정겹다
자동차소음 사람소리 등진 적막한 곳

풀 나무 짐승 돌멩이와 함께
사람이 산과 같이 더불어 산다
기운 돋는 바람, 맑은 물로
심신을 씻고
조수(鳥獸)를 벗 삼아 사는 사람
몸에 산의 정기가 흐른다

손발이 까칠하고 가난하지만
산을 닮아 심성이 곱고 순수하여
마음의 고향, 어머님 품속 같아
아마, 근본이 산의 핏줄인 게다

산 사람에게 산을 묻다

시작(詩作) 노트

당신은 한 편의 시(詩)였습니다 가까이 하려고 하면 할수록 멀리 달아나 버리고 그때마다 난 작아지고 초라해지는 애증을 느낍니다 그림자처럼 따라다니고 가슴에 담고 산 지 언제부터인지는 모르지만 짝사랑에 빠졌나 봅니다 정갈한 마음으로 피우는 꽃 순백의 향기가 번져올 때면 당신 곁에 머물고 싶어 반딧불이 따라 별을 따러 가곤 했죠 내려놓을 수 없는 치유할 수 없는 병, 곱게 수놓으려 해도 당신은 먼 곳으로 달아나곤 했지요 바람에 흔들리는 마른 억새처럼 잃어버린 시간들이 허허롭지만 당신이 머릿속에 떠오르고 하얀 백지 위에 시상을 다듬어 음미할 때가 행복했습니다

시상의 날갯짓 낙서의 변

침을 품고 가시를 달다

꿀을 따려면 침에 쏘이고
장미를 꺾으려면 가시에 찔린다
벌은 꿀을 얻으려 침을 쏘지 않고
장미는 꽃을 얻으려 가시를 쓰지 않는다

세상에
달콤한 아름다움이 없다면
쏘이고 찔릴 일이 있을까

너에게
벌처럼 침이 있고
장미 같이 가시를 갖고 있다면
그래도 살만한 세상 아닌가

침이 있다하여 쏘지 않고
가시가 있다하여 찌르지 않는데
늘 달콤하고 아름다울 수는 없는 게다

달콤한 아름다움의 패러독스

눈빛으로 말해요

우리의 마음은
볼 수도 손에 잡히지도 않고
모양도 크기도 색깔도 없다

하지만,
그곳엔 희로애락이 있고
삼라만상의 우주가 들어 있다

눈은 마음의 거울
가까운 사이는
눈빛으로 통하는 사이일 게다

눈빛 속엔
고스란히 삶이 녹아 있고
그동안의 역정이 함축되어 있다

그땐 그리도 애절했나
어느 땐 그리도 원망스러웠나
욕망이 넘쳐 사랑과 미움이 교차 했나

눈가에 주름이 있으면 어때
우리 지금처럼 해왔던 대로
눈빛으로 마음을 읽고 나누며 살아요
적어도, 속이거나 거짓은 아닐 테니

눈빛으로 나누는 대화 속에서

창가에 핀 들국화

그해 늦가을
담장 양지 켠 구석에 핀 들국화
서릿발에 함초롬히 야위어 갔다

한 모금 햇살이 내려앉던 날
꿀벌이 찾아 와 입 맞추고 안긴다
벌은 집을 잃은 건지 쫓겨난 건지
꽃술에 묻혀 떠나려 하지 않았다

그해 내가 본 마지막 꽃
찾아든 벌을 품고
하얀 겨울로 갔다
빛바랜 껍데기
끈적한 향기 남긴 채
혼불 사르고 하늘나라로 갔다

마지막 꽃 들국화에 안긴 벌에게

가을 편지

소슬바람이
옷깃 스미는 길목에
파란 하늘 문 열리고
내 마음도 활짝 열려 편지를 쓴다

즈믄의 소식에
애잔한 이 마음 전하고 싶다
첫 느낌의 사연이 가물가물
댕기머리 고운 자태 꿈속에 어린다

잎사귀에 적어 보낸 사연
붉게 물들어 지고 또 지고
나이테 넘겨 또 지려나
그 사연 아는지 바람은 말이 없다

하늘 문 말갛게 열리면
풋사과 불그스레 익어가듯
붉게 물든 마음 담아
미리내강 그님에게 편지를 띄운다

가을 길목에 옛정 그리며 편지를 쓰다

빛과 어둠 사이

빛과 어둠 사이
낮과 밤이 찾아든다
아침은 여명으로 들고
저녁은 노을로 잠든다

어둠이 걷히는 소리
먼 산이 다가오고
숲이 모습을 드러낸다

빛이 있어
사랑과 미움이 보이고
선악이 드러난다

헌데,
어둠은 산과 숲을 가리고
쉬어가라 한다

빛과 어둠 사이
여명은 희망을 달고 오고
노을은 꿈을 잉태한다

여명처럼 왔다 노을처럼 지다

갈잎 차의 향기

향로봉 가는 길
탕춘대 자드락길에
가을이 오면
갈잎 차집이 문을 연다

가을비 촉촉이 뿌리고 간
해맑아 싱그러운 숲길
갈참나무 소나무 잎이
향기 슬어 발길에 차인다

비에 맛 슬고 볕으로 우려낸
솔잎차에 마음을 적시고
갈참나무잎 차에 낭만을 음미한다

이 가을 다 가기 전에
소슬바람 정겨운 햇살 곁에 두고
갈잎 차 향기에 흠뻑 젖어보고 싶다

갈잎 향기 따라간 산길 찻집에서

여수의 야경

미리내강 별을 따다
수를 놓은 여수의 밤

난 그만,
황홀한 불빛에 매료되어
넋을 잃고 말았다

열정과 땀으로
보릿고개 넘겨준 저 불빛
밤을 잊은 지 얼마이던가

이토록 밤이 아름다운 줄
뉘 알았으리
땅, 바다 하나 되어 한껏 빛난다

여수의 밤이여
못내 오래도록 가슴에 품고
지난 역정을 흠모하리라

2015. 11. 7. 여수의 야경 투어 중에서

늦게 피는 꽃이 더 향기로워

바람의 까칠한 시샘을 떨치고
봄은 먼 남쪽으로부터 꽃바람 일으키며 온다
홍매화 붉어진 낯, 채 가시기도 전에
노란 축등 켠 산수유 아씨가 미소 지으며 반긴다
어느덧, 목련 벗의 화려한 날은 꽃비 흩뿌리며
만남을 지우며 내 곁을 떠났다
두 뺨에 따뜻한 온기가 스밀 쯤
라일락은 피고, 해질 무렵이면 유혹의 향기
쿵쿵거리며 담장을 넘나들었다
비개인 어느 날 오후
나도 모르게 아카시아 향기 솔솔 풍기는
뒷동산 자드락길 속으로 빠져 들었다
꽃밭엔, 벌들의 웅성거림으로 들떠 있고
태양이 정수리에 꽂히는 초여름
밤꽃내음 온 마을을 질펀하게 흔들어놓는다
어스름 달빛이 흐르고
허옇게 번득이는 밤꽃, 명언을 남긴다
"늦게 피는 꽃이 더 향기롭다"

밤꽃마을의 달빛 향연 속에 머물다

4부

숲정이의 겨울 나들이

옷을 벗어 던져버린다
속이 훤히 드러나 보인다
겨울 길목의 숲정이

내면의 승화된 겨울나기
침묵시위인가
자존의 결기에서 온 동면인가

숲정이의 겨울 나들이

옷을 벗어 던져버린다
속이 훤히 드러나 보인다
겨울 길목의 숲정이

내면의 승화된 겨울나기
침묵시위인가
자존의 결기에서 온 동면인가

오늘을 기다려
색동옷 내려놓고
스스로의 내공, 시험에 든다

영하의 날씨에
한 몸 일부를 깔아놓고
눈꽃 피우는 길을 가려 한다

맨몸으로 버텨야 하는 뜻
봄을 기다리는 침묵의 고행
어렴풋이나마 알 것 같다

숲정이의 겨울나기 무슨 말을 건넬까

설날의 회상

설빔 가지런히 챙겨 놓고
두런거리는 이야기 소리 뒤로한 채
긴긴 섣달그믐 밤은 가고
아침 까치 소리에
설날은 밝아왔지

때때옷 차려입고
경건한 차례를 지내고
정 붙이 가족 둘러 앉아
덕담 나누며 떡국을 먹었지

동네 또래 아이들 모여
어르신을 찾아 세배를 드리고
한과 떡 식혜 설상 받으면
뉘 집 자식, 이름이 뭐더라
아 그렇지 인물 좋고 많이 컸네

그리,
한 살 더 먹는 거였어
먼 옛 설날 향수가
주마등처럼 주렁주렁 다가온다

지난 설날의 정경을 그리다

향기로 말하다

벗이 눈으로 말을 건다면
라일락은 코로 말을 건다

벗이 꽃비 뿌리며 떠나던 날
라일락은 향기 뿌리며 왔다

짙은 향기에 끌려
가던 걸음 멈추고
마음이 가리키는 곳을 살펴보니

바로 너였어
연보랏빛 배시시
미소 짓고 있는 라일락

마음이 예쁜 사람은
향기를 풍긴다지
마음이 고운 사람은
향기로 말한다지

그런,
향기 품은 널
하늘만큼 사랑한다

2016. 4. 15. 라일락 향기 품은 당신에게

꽁보리밥

소꿉친구야 무상한 게 세월 아닌가 싶네. 햇보리가 누렇게 익어 갈 무렵 해 묵은 식량도 바닥이 나고 하루 한두 끼로 연명하던 시절, 허기진 배를 찐 감자 한 두 개로 때우고 산에서 칡뿌리를 캐먹고 들에서 찔레, 시엉을 꺾어 먹고 삘기를 뽑아 먹던 그 시절이 생각나지 않는가 그때는 한집에 형제자매도 예닐곱은 보통, 3대가 한 지붕 밑에 오글오글 함께 살며 하루 두 끼라도 먹는 게 전쟁이었던 보릿고개 그 시절, 보리타작까지 기다릴 여유가 없어 설익은 보리 이삭을 잘라 가마솥에 볶아 맷돌에 갈아 죽을 쑤어 먹지 않았던가 배급 받은 밀가루로 반죽하여 손으로 뚝뚝 떼어 넣어 끓인 멀건 수제비 한 그릇으로 끼니를 때우지 않았나 여보시게 친구, 땔감도 귀하여 십 리 밖 먼 산으로 고주백이 등걸 캐러 갔던 날 기억나는가 돌아오는 길에 허기진 배를 동네 샘물로 채우고 해질 무렵 파김치가 되어 집으로 돌아오던 그 시절 말일세 헌데, 여보게 친구 그때 그 시절이 그리운 건 왜일까 인생 3막이라 했던가 부모 슬하에 살아온 게 제1막이라면 결혼하여 아등바등 자식 키우며 살아온 게 제2막, 제3막은 슬하의 자식들이 뿔뿔이 곁을 떠나 집사람과 둘뿐인 지금이 아닌가 요즈음 집사람도 옛날 같지 않으니 걸핏하면 찬밥신세 몰아붙이지 않나 마음이 착잡하고 서글플 때가 많네 여보게 친구 이제 더 내려놓을 것도 없지 않은가 우리 가끔 얼굴 한번 보고 지난 세월을 안주 삼아 꽁보리밥에 탁주나 한잔 하지 지금은 꽁보리밥이 건강식품이라니 격세지감일세 아직, 두 다리 성할 때 한참적 무전여행 다니던 그때를 반추하며 여행이나 떠나 보자구나 친구야!

꽁보리밥을 먹으며 유년의 시절을 반추해본다

인어상

바다 수평선 넘어
그리움이 숨 쉬는 곳
성난 파도가 제풀에 수그러든다

아직도,
이루지 못한 사랑이 숨 쉬는 바다

차라리 인어가 되리라
꿈속에서도 인어가 되리라

당신 품에
안길 수만 있다면
여기,
천년만년 인어상이 되어 당신을 기다리리라

2016. 4. 9. 장봉도 인어상 앞에서

금낭화

부처님 오신 날을 어찌 알고
산 중 숲속에 연등을 달아 놓았나

후미지고 구석진 이곳까지
임의 가르침이 연으로 닿았나

꽃등 컨 금낭화 곁으로
모여드는 미물, 생명의 소리

몸짓과 침묵의 언어만 감돌고
어둠침침한 숲이 꽃등 밝혀 환하다

2016. 5. 11. 금낭화 핀 숲속에서

휴먼 빌리지

사람 사는 냄새가 향기롭다
사람 사는 소리가 도란도란하다
사람 사는 맛이 새콤달콤하다
사람 사는 재미가 솔솔하다

휴먼 빌리지에는
빵과 정을 나누며
도(道)가 물 흐르듯 하고
사랑 베풀어 늘 웃음꽃이 핀다
차안(此岸)의 피안(彼岸)길 우담바라가 핀다

휴먼 빌리지에는
누구에게나 쟁명한 세상
오늘도
갓밝이로 열리고 노을로 진다
내 한쉬
사르어도 부끄럽지 않은 곳

그곳에서

사랑하는 사람과

오순도순 행복을 키우며 살고 싶다

*차안: 삶과 죽음이 있는 세계
*피안: 진리를 깨닫고 도달할 수 있는 이상적 경지를 나타내는 말
*한쉬: 살아 있는 동안 내내(한 평생)

2016. 6. 16. 꿈속 휴먼 빌리지를 가다

독백

넌,
가까이 하고 싶어도
쉬 와 닿지 않고
암호처럼 알아볼 수 없어
갈수록 낯설고 어렵기만 하다

그러해야
품위 있어 보인다 하니
고상하게 포장하고
티내고 끼를 부려야 한다

일상의 언어는 어울리지 않으니
에둘러 말하고
마음에 꽂히는 비유나 은유를 잘 써야 한다
격식을 차려야 돋보이고
싱싱하고 새로워야 살아남는다

그런 거 어디에 있을까
잡힐 듯 잡히지 않고
낡고 허접하여 구겨지는 것들 뿐
서술은 죽고 흉내는 썩었으니
가슴에 쩍 달라붙는
맛 슬고 향기로운 혼이 담긴 작품
그게, 그리운 거고 쓰러지게 갈증이 나는 거다

2016. 6. 23. 창작의 변

소요산 등정기

임의 품에 안기는 순간
요산요수 금수강산이란 말이 무색하더이다

아기자기한 연인 같은 산 소요산 초입부터 첫 인상이 남다르다
연인의 손을 잡고 걷고 싶은 초입의 숲길, 계곡 물길을 옆에 끼
고 터널 같은 힐링 길을 걷다보니 저만치 훤칠한 일주문이 어서
오라 반긴다 백팔번뇌 계단을 넘어 폭포수에 잠시 머리를 씻고
자재암 풍경소리에 귀를 털고 나니 녹음 저편 파란 하늘이 말을
걸어온다 그것도 잠시, 하늘 향한 계단 길, 땀과 가쁜 숨소리로
뒤엉켜 오르고 또 오르니 하백운대의 한 자락 바람이 잠시 쉬
어가라 한다 중백운대를 지나 상백운대에 이르니 능선은 계곡
을 감싸고 눕는다 조심스런 칼바위능선 고행 길을 벗어나니 의
상봉이 보란 듯 우뚝 서 있다 멀리 감악산이 지척인 듯 손짓하
고 동두천 요람이 한눈에 들어온다 의상대를 우러른 공주봉을
뒤로한 채 하산하려니 발걸음이 휘청거린다 마당바위 벼랑 끝
에 철렁, 마음에 짐을 내려놓고 조심스레 하산, 계곡물에 심신
을 담그며 오늘의 산행을 뒤돌아본다

오늘도 무사히, 주차장 저편 차량들이 가지런히 주인을 기다
리고 있다

2016. 5. 21. 소요산의 품에 안겨 보다

상상의 꽃

버릴 것 하나 없이 깔끔하다
그게,
마음이라면 좋겠다
파란 하늘에는 구름이 끼고
비를 품어 내려준다
맑은 물에는
풍경이 깃들고 때 묻은 손도 씻는다
군더더기 하나 없이 아름답다
그게,
몸이라면 얼마나 좋을까
이목구비가 잘 어울리고 편안하다
자연스러움은 멋의 근본인 것처럼
그만의 향기가 배어 풍긴다
이 모두,
물들지 않고 썩지 않는 마음과 외모
너로부터 이루어졌으면 좋겠다
내가 닮고 싶은 꽃이기에…

상상의 꽃을 그리던 날에

물수제비 동심

물장구치며 노닐던 동구 밖 시냇가
무릿돌 같은 아이들이 물수제비 뜬다
하나, 둘, 셋
낙조의 풍경 속으로 파문 지는 동심
종소리 멎은 교정을 어슬렁거리고
흑백사진 속에서 뛰쳐나온 낯들이
내 곁으로 다가와 물수제비 뜬다
오늘따라
징검다리를 건너오는
여울진 노을이 이리 고을까
물수제비 뜨는 동심을 아는지
등 굽은 두 어깨가 에이고 아리다
저녁노을이 일렁이는 동심
넌 내 가슴에 이는 물수제비
물 위를 걷는 동그라미, 파문 지는 동심이어라

시냇가에서 동심으로 돌아가 물수제비 뜨다

존재의 이유

삶이란
인연의 실타래
세상을 얻고 놓는 시간의 영속

즐거움이
땀 흘린 몫이라면
기쁨은 지혜로움의 품삯

행복은
그 즐거움과 기쁨의 선물
인연의 초월은 생사를 넘나들고
초월은 무연에서 지혜로움을 구한다

오늘 시방,
상생의 연이 모이고 쌓여
길이 열린다
그게 삶이요 내일이 존재하는 이유다

2017. 4. 21. 존재의 이유 중에서

인풋 그리고 아웃풋(input and output)

인풋이 있어야 아웃풋이 있다
아웃풋은 인풋의 결과다
지금은 인풋의 산물 아닐는지
부와 명예도 건강도 행복, 사랑도
인풋의 결과요 책임이리라
나의 인풋을
탓하며 후회한들 과거로 돌아갈 수는 없다
인풋 없는 바람 소망은 헛짓
투자, 땀 없는 열매는 없다
마음 밭에 심은 씨앗
정성으로 가꾸면 그만, 잊으라 한다
지금이 최선의 시작
후회는 시작의 스승이라네
이런 이치를 하늘, 땅은 물론 밭이 알고
컴퓨터, 카메라도 알고 있더라
삶은 인풋의 산물
차라리 백지로 남겨두면
후회, 아픔 같은 건 없을 텐데
그렇다고 백지로 남겨둘 수는 없는 일
인풋의 소중한 의미를 깨닫고
내일이란 의미를 되새겨 본다

하 많은 시간 속에 채워진 마음 창고
쓰레기 먼지를 털어내고
아직 남은 여백에 채워질 인풋을 고르고 거른다
오늘의 인풋이 내일의 아웃풋이기에…

2018. 10. 16. 몸과 마음의 일기장을 가다듬으며

반딧불이

삼베적삼에 땀방울이 흥건하다
울 밖 큰 마당, 땡볕 쏘이며
겉보리 타작에 육신이 까끌거린다

밀짚모자에 가린 그을린 얼굴이
석양에 얼비칠 지음
마당 켠 미루나무에 낮달이 쉬어간다

논두렁 건너 샘물에 등목을 하고나니
어느덧 해는 서산에 이울고
앞산 등마루 어스름이 다가와 안긴다

허기진 배에
갓 쪄낸 옥수수, 감자를
열무김치에 막걸리 한 사발 걸치니
보리 꺼럭 타는
모깃불 냄새가 슬금슬금 기어오른다

마당 한복판에 밀방석을 깔아 놓으니
이웃사촌,
모여들어 얘기꽃이 핀다

벌렁 누워 별을 낚는데
반딧불이 날아들어 반짝이고
마당 저편 미루나무에 까치집이 아른거린다

별빛 쏟아지는 하늘엔
미리내 강이 흐르고
모깃불 연기에 하루의 여정이 스쳐 지나간다

반딧불이 따라간 아이들은
저 은하강 어디쯤 어느 별에 머물까
여기 좀 보세요 손짓하며 날 부른다

모깃불 냄새가 사그라들 무렵
삼베적삼 땀내도 잊은 채 단잠에 든다
보리꺼럭 까끌거리는 여름밤은 그리 흘러갔다

반딧불이 따라간 아이들은
언제쯤 돌아올까
오늘따라,
키다리 미루나무가 우뚝 외로이 한눈에 잠긴다

음력유월 반딧불이 따라 간 아이들이 보고 싶다

구름의 여정

태풍이 휩쓸고 간 하늘가
흰 구름 두둥실
바람 따라 여행을 떠난다

가는 곳 어디인지
굳이 알고 싶지 않지만
하늘 길 따라 여행을 떠난다

한 시름 접고
가는 곳 어디메뇨?
지친 심신 쉬어간들 어떠하리

임 따라 나선 길
이 마음 알런지
붙박이 생활 벗고 하늘을 난다

시류가 남긴 때
말끔히 씻고
하늘 문 열고 구름 타고 간다

큰 바람 뒤엔
하늘의 뜻인지
수정 같은 이 함께 길을 나선다

바람의 흔적
상쾌하게 선들 맛 가슴 적시니
기다리던 가을님이 오시나 보다

2020. 9. 3. 하늘 문 열리던 날의 대화 속에서

김장 이야기

다랑논 두렁길 건너 여물진 배추 밭에서 통통하게 알밴 배추를 서넛 지게 앞마당에 풀어 놓으면 뿌리를 싹둑 자르고 겉잎 훑여내어 두 조각 낸다 사랑방 가마솥 간 밴 따끈한 소금물에 야들야들하게 절여내어 소쿠리에 얹혀 간물을 내린다 고부 자매 이웃이 모여 이런저런 세상 얘기 나누며 양념, 젓갈 버무린 속을 배춧잎 사이사이 훑여 넣고 감싸, 김칫독에 차곡차곡 넣어 광 한 켠에 저장해 둔다 겨우내 얼음 끼 살짝 든 배추김치 우리집 밥상 단골 메뉴였다 그 새콤달콤한 김치 맛 지금도 입안에서 감돈다 배추밭 한 켠에 묻어둔 배추를 이른 봄에 꺼내어 갓버무린 겉절이가 생각난다 할머니, 어머니 대 이은 손맛이 정든 초가지붕 추녀 끝에 고드름이 주렁주렁 달려 한 겨울 노을빛에 아른거린다

2020. 12. 1. 김장철 추억 여행을 가다

장미에게

겹겹이 감싼 설렘
살며시 열고 핀 꽃
그 이름 장미

뜨거운 유월
해님 끌어안고 핀 꽃
그 이름 장미

물방울도 구르는
보송보송한 결
그 이름 장미

눈부신 끌림
가슴에 보듬고
하늘로 나는 꽃
그 이름 장미라네

여우비 휘젓고 간 밤
장미 한 송이
꿈속 하늘로 날아간다

2020. 6. 25. 물방울도 비껴가는 장미에게

대왕암

울타리에 갇혀 살다
바다를 바라본다
수평선 저편
물음표로 성근 손짓
무엇이 있을까
어떤 세상일까

수평선은 말이 없다
어제 그랬듯
오늘도 그러하고
내일도 변함이 없으리

하늘의 뜻이런가
상상은 꿈을 부르고
사무쳐 가슴에 품은 넋
이곳에 묻고 가노라

무릉도원 그리다 지우고
하 많은 꿈의 나래
펼쳐보지 못한 채
지금도 파도는 일고 지누나

바다와 육지의 만남
낙조에 깃든 선의 예술이여!
임 그린 설화를 음미하며
가던 길 발길 멈춰
궤적에 한을 담아 본다

2020. 11. 7. 울산 대왕암 궤적을 그려보다

추석

푸른 하늘이
상큼한 바람이
한 시름 내려놓고 쉬어가라 한다

푸근한 품 안으로
모두 오라
그날 귀향의 행렬을 보았는가

추억의 둥지에
보름달이 걸려 있고
토끼가 절구질 한다

날개가 없어
저 하늘 날고 싶은 건가
성묘길 아람이 눈에 밟힌다

보기만 하여도
넉넉한 들녘
언제 보아도
실증이 없는 산하

하여,
더도 덜도 말고
너만 하여라 했던가
한가위 얽힌 정이 하늘을 난다

헌데,
무엇이 발목을 잡나
허전한 맘 한 구석
연륜의 탓만은 아니리라
시류의 품이
한가위, 너만 하면 좋으련만
지나가는 갈바람이 선한 가슴 찢고 간다

2020. 9. 30. 코로나로 얼룩진 추석 상념을 접다

낙엽의 길

(1)
지는 낙엽이 깊은 생각에 젖게 한다
언젠가, 이 몸도 저 낙엽처럼 지고 말 것을
잎새 한 생, 그도 한때 푸른 시절 있었지
오늘 널 보니 무상하기만 하다
지는 낙엽이 천국이 어디냐고 묻는다
떨 켜 보듬은 시간들이 눈에 아른거린다
으래 삶이란, 지난날을 반추하게 한다
싹터 세상에 선보이더니 낙엽처럼 지는 것을
뒷모습이 한 세상 자서전
때가 되면 더도 덜도 없이 낙엽이라 한다
연둣빛 오월, 푸름이 치렁치렁하던 칠월도
곱게 물들어 바람에 뒹구는 낙엽이라네
소복이 쌓인 낙엽의 길, 선악은 자위라
그래도 다른 게 있다면 믿음의 자유가 있다
비망록엔 사념의 꽃이라 쓰여 있고
낙엽 쌓인 길은 사유의 깊이를 묻는다

(2)
낙엽이 나뒹굴어 발길에 차이고 밟힌다
다 내려놓고 동면을 준비한다
푸름이 삭혀져 곱고 향기로운데
창가에 서성이는 너에 그림자
낙엽의 길, 가을이 남긴 숙명이런가
어제는 물 흐르듯 역사를 쓰고
오늘은 혼을 담아 밑그림을 그린다
잘근 씹히는 사유, 낭만을 말하지만
이대로가 좋으련만 잔해를 쓸어 담는다
낙엽 뒹구는 길을 걷고 싶다
이애야, 낙엽 쓸어 담지 말고 그대로 두거라

2020. 11. 26. 잎새 하나 지고 마는 것을

은행잎의 고별사

겨울 문턱
은행잎은 고별사를 남긴다
식어가는 햇살
싸늘한 바람의 표정에서
이미, 이별을 눈치챘으리

이별이란
그리 쉬운 게 아니지만
어쩌면,
까맣게 타들어 갔을 속내
지난 푸른 시간들이
아쉽지만
놓아줄 수밖에 없는 게다

연의 고리를 끊어야 하는 아픔
기왕이면
황금빛으로 곱게 물들어
간밤 비에 젖어 한결 홀가분하다

바람에 우수수 내려놓은 정
뒹구는 고샅길목에
결기에 찬 은행나무
준비된 자의 이별 그 얼굴을 가슴에 묻는다

은행잎의 고별사를 훔쳐보던 날

고독

섬
바다에 떠 있네
바람이
소맷자락 잡고 놀자네

섬
별빛이 쏟아지네
잘근잘근 곱씹는 맛
덤덤하다 쌉쌀하네

섬
파도에 쓰러졌다
다시 살아나
늘 그 자리 지키고 있네

가슴에 묻은 섬
태어날 때부터라네
그 섬
지독히 외롭지 않나

2019. 8. 8. 고독이 가져다 준 선물 그 섬에서

강진만의 노을

땅과 바다의 연이 뒤얽혀
태어난 갈대 숲
해질녘, 모두 나와 춤을 춘다
바람결 따라 이는
애절한 군무의 결
비바람 삭힌 한 서린 몸놀림
이 마음 앗아 갔다
노을 결 따라 간
임의 기별은 어디 가고
흠모의 손길, 어둠속에 사라진다
눈물 자국 마르기도 전에
동백은 피고 지고
물길은 들고 날고
바다로 간 임은 돌아오지 않네
바람의 전주에 춤사위를 고르는데
눈에 선한 목소리 날 두고 가지 마오
석양 노을이 발목을 잡는다
강진만포구 갈대 숲
차마, 못 잊어 정 내려놓고 온다

2019. 3. 6. 강진만 갈대밭 낙조에 머물다

벽에 그린 생화

회색 담장은 담쟁이의 삶터요
상설 전위 전시장이다

몸을 던져 그린 혼이 깃든 그림
미틈달 시류의 화려함 벗고
하늘의 뜻이라며
벽에 썰렁한 추상화를 걸어 놓았다

상상의 나래 꿰어
수를 놓은 벽화
오가는 이의 발길을 머물게 한다

하늘 향해 품은 일념
신의 손놀림으로
절벽이란 가슴 떨리는 곳에
생화를 철따라 걸어놓는 뜻 뉘 알까
그곳은 삶터요 명상의 쉼터라하네

2017. 11. 5. 담쟁이 전위 예술에서 삶을 배우다

수락산을 가다

시월의 마지막 날 발걸음은 산으로 갔다
하늘이 먼저 가슴을 열고 손을 내밀고
계곡 물소리는 들릴듯 말듯 소곤거린다
가을 주인 단풍이 반갑게 손님을 맞는다
이 모두,
시월을 그냥 보내기 아쉬운 몸부림인 게다
베풀어 새어들어 가늘어진 물소리
애틋한 갈볕에 마른 숲이 바스락거리고
깔딱 고개 숨이 찬 수목들이 옷을 벗는다
기암괴석은 늘 변함없이 보란 듯 눈길 끌고
가을 전시회는 아직, 끝나지 않았다
시각을 새긴 작품들이 반갑게 인사를 한다
풍파에 다듬어진 시공을 초월한 기암괴석
이 세상에 하나밖에 없는 명작이라 한다
수목은 보고 느낀 대로 역사를 쓰고
난 명상에 젖어 한 시름 접고 가을 곁에 눕는다

2017. 10. 31. 수락산이 부르기에 갔더니

창가에 앉아

아침에 일어나 창문 커튼을 걷으며
늘 그랬듯 너의 낯을 살핀다
오늘은 온통 성에가 끼어
환한지 우중충한지 알 수 없다

소통의 부재일세

어디에서부터 오는 걸까
그건,
생각의 차이
온도 차이라 하네

마음의 거울, 유리창에
성에가 돋지 않기를…
당신과 나 사이에
온도 차이가 심하지 않기를 …

창문에
따뜻한 사랑의 손길
볕이 감싸 안는다

언제 그랬냐는 냥
성에는 사라지고
환한 낮, 밝은 얼굴이 따스하다

2019. 12. 28. 한해가 저무는 창가에서 성에란

조화

웬, 식탁에 화사한 꽃이
가까이 자세히 보니
조화였다

난 그만 짝퉁에 속을 뻔했다
모조품은 향기가 없다
원초적 생명의 울림이 없다

향기는
내면에 흐르는 생명의 숨결
살아있는 외침
사랑 슬은 손길이다

향기 없는 조화는 픽션
보여주기 위한 짝퉁인 게다

생명이 없는 조화 앞에서
내 삶에 향기를 반추해 본다
조화는 조화일 뿐이라 한다

2019. 6. 5. 문득, 조화 앞에서 자신을 보다

바람의 빛깔

바람의 빛깔은 빛이 들면서 숨어버렸나 소맷자락 파고드는 바람이 마음속으로 스며들어 빛깔을 띠게 된다 그 빛깔은 자신만이 알고 느낄 수 있다 손에 잡히지 않는 빛깔, 만져본다 그려본다 머리는 익을수록 중력에 끌려 고개 숙이고 그 빛깔은 곱다 사랑의 힘이 흔들고 지나간 자리, 마음에 인화 된 느낌을 현상해 뽑아본다 바람의 빛깔이 바뀌면 본이 바뀌듯 여백에 채색 된 빛깔, 사랑이 돋고 미움은 수그러든다 가을이 깊어갈수록 물든 갈잎이 마음을 적시고 바람의 빛깔은 참땋아 황홀하다

2017. 10. 4. 바람의 빛깔을 느낌으로 보다

날개

창공을 날며 날개를 뽐내고
숲은 놀이터요 쉼터
은밀한 삶의 나눔터라네

하늘 땅 마음대로 오가는 재주
너에겐 날개가 있어 부럽구나

푸른 하늘 품고 날다
그건,
날개였어 그리고 자유였어

마음으로나마 날개를 달고
마음가는대로 훨훨 날고 싶다

2020. 6. 18. 마음으로나마 날개를 달다

물음표가 남긴 느낌표의 흔적

김정우 지음

발 행 처 · 도서출판 청어
발 행 인 · 이영철
영　　업 · 이동호
홍　　보 · 천성래
기　　획 · 남기환
편　　집 · 방세화
디 자 인 · 이수빈 | 김영은
제작이사 · 공병한
인　　쇄 · 두리터

등　　록 · 1999년 5월 3일
(제321-3210000251001999000063호)

1판 1쇄 발행 · 2021년 5월 20일

주소 · 서울특별시 서초구 남부순환로 364길 8-15 동일빌딩 2층
대표전화 · 02-586-0477
팩시밀리 · 0303-0942-0478

홈페이지 · www.chungeobook.com
E-mail · ppi20@hanmail.net
ISBN · 979-11-5860-949-8(03810)